Konstantin Constantin Freiherr von Ettingshausen

Über die genetische Gliederung der Cap-Flora

Antigonos

Konstantin Constantin Freiherr von Ettingshausen

Über die genetische Gliederung der Cap-Flora

Unveränderter Nachdruck der Originalausgabe von 1875.

1. Auflage 2024 | ISBN: 978-3-38634-824-9

Antigonos Verlag ist ein Imprint der Outlook Verlagsgesellschaft mbH.

Verlag: Outlook Verlag GmbH, Zeilweg 44, 60439 Frankfurt, Deutschland, info@outlook-verlag.de
Vertretungsberechtigt: E. Roepke, Zeilweg 44, 60439 Frankfurt, Deutschland
Druck: Libri Plureos GmbH, Friedensallee 273, 22763 Hamburg, Deutschland

Über die genetische Gliederung der Cap-Flora.

Von dem c. M. Prof. Dr. Constantin Freih. v. Ettingshausen.

Aus den Fundstätten fossiler Pflanzenreste der Tertiärformation in Steiermark, Krain, Croatien, Tirol und Böhmen erhielt ich Pflanzenformen, welche theils südafrikanischen Gattungen angehören, theils mit Arten in nächster Verwandtschaft stehen, die gegenwärtig nur der Cap-Flora eigen sind. Die Beschaffenheit und der gute Zustand der Erhaltung erwähnter Pflanzenreste schliessen die Möglichkeit eines von weither erfolgten Transportes derselben völlig aus; vielmehr ist es zweifellos, dass die Gewächse, von welchen diese Reste stammen, in jenen Ländern, in denen letztere gefunden wurden, auch gelebt haben. In der Tertiärflora der Schweiz hat Heer, in Lagerstätten des südöstlichen Frankreich hat Saporta, in der fossilen Flora von Kumi auf der Insel Euboea hat Unger eine Reihe von südafrikanischen Formen entdeckt, von denen das Gleiche gilt.

Wie sind aber südafrikanische Pflanzen in die Tertiärflora Europa's gekommen? Die Annahme, dieselben seien vom Cap der guten Hoffnung nach Europa gewandert, ist unzulässig; denn für's Erste sind die in Rede stehenden Tertiärpflanzen nicht identisch, sondern nur nächstverwandt mit südafrikanischen Arten; für's Zweite enthielt die Tertiärflora Europa's nebst den genannten Pflanzenformen auch amerikanische, chinesisch-japanesische, ostindische, neuholländische, kurz Pflanzenformen aller Welttheile. Wollte man also erwähnte Annahme gelten lassen, so müsste man eine allgemeine Pflanzenwanderung nach Europa, welche zur Tertiärzeit bestanden hätte, annehmen, was durchaus unwahrscheinlich ist. Gewächse südafrikanischen Gepräges sind damals nicht nach Europa gewandert, sondern daselbst ursprünglich entstanden. Ich fasse dieselben unter der

Bezeichnung „südafrikanisches Nebenelement der Tertiärflora Europa's" zusammen. In der jetzigen Flora unseres Continents sind wohl die meisten, aber keineswegs alle südafrikanischen Formen verschwunden. Unsere Geranien und Thesien, das Pelargonium der Mittelmeerflora, die Stapelien - Gattung *Apteranthes*, die Mesembryanthemum- und Erica-Arten der Flora Südeuropa's u. A., stehen ohne Zweifel mit Bestandtheilen des genannten Elements in genetischem Zusammenhang.

Wir finden aber auch in anderen ausserafrikanischen Florengebieten der Jetztwelt Gewächse von südafrikanischem Typus; wir sind daher zu dem Schlusse berechtigt, dass die Tertiärflora dieser Gebiete auch die Stammformen solcher Gewächse enthalten haben musste. Die Hermannien der mexikanischen, die Crassulaceen der brasilianischen, die Ficoideen der neuholländischen Flora, ebenso wie die ostindischen Melianthus- und die mittelasiatischen Zygophyllum - Arten u. v. A. werden demnach auf Bestandtheile des südafrikanischen Florenelements zurückzuführen sein, welches, sowie die übrigen Elemente, zur Tertiärzeit Gemeingut aller Floren der Erde war.

In Europa ist dieses Florenelement, wie ich nachgewiesen habe, erst beim Beginne der Tertiärperiode aus der Differenzirung der Vegetationselemente der Kreideflora hervorgegangen, von dem Eintritt der Pliocenzeit an aber vom Hauptelement allmälig verdrängt, bis auf wenige Überbleibsel ausgestorben. Dagegen hat es im heutigen Cap-Gebiete allein den geeignetsten Boden für seine Entfaltung gefunden, ist demnach als Hauptelement seiner Flora zu betrachten, welches durch vorwiegende Ausbildung die übrigen Florenelemente in den Hintergrund gedrängt hat.

Wie weit aber die Verdrängung der Nebenelemente gegangen, welche Spuren dieselben in der gegenwärtigen Cap-Flora noch erkennen lassen, soll in vorliegender Abhandlung gezeigt werden.

A. Das Haupt-Florenglied.

Der weiteren Differenzirung und Ausbildung des Haupt-Florenelements, welches im Cap-Gebiete gleichwie in Australien wahrscheinlich schon zur Tertiärzeit eine dominirende Rolle gespielt hat, ist das Haupt-Florenglied mit seinen so zahlreichen

Eigenthümlichkeiten entsprungen, welche die Cap-Flora zu einer der merkwürdigsten natürlichen Floren der Erde machen. Eine Reihe von Familien gehören demselben ausschliesslich an, so die Bruniaceen, Selagineen, Stilbaceen, Penaeaceen, Geissolomaceen, Grubbiaceen und Phyliceen; andere sind an der Bildung desselben in hervorragender Weise betheiligt, so die Diosmeen, Celastrineen, Geraniaceen, Oxalideen, Papilionaceen, Crassulaceen, Ericaceen, Stapelien, Proteaceen, Thymelaeaceen, Santalaceen u. A.; grosse Reihen von eigenthümlichen Gattungen aus zahlreichen Ordnungen, wie sich aus der nachfolgenden Übersicht der Gattungen des Haupt-Florengliedes am besten entnehmen lässt, charakterisiren dasselbe.

Das Haupt-Florenglied der Cap-Flora zeigt sonach eine sehr reichhaltige Repräsentation aller Abtheilungen der Phanerogamen. In demselben wiegen die Monopetalen bedeutend vor, was den Compositen zuzuschreiben ist, welche die bezüglich der Zahl der Gattungen den zweiten Platz einnehmenden Leguminosen fast um das Vierfache übertreffen. (S. die Tabelle.)

Dicotyledones. *Polypetalae.*

Chamira.	Crucif.	*Polpoda,*	Caryoph.
Brachicarpaea,	„	*Adenogramma,*	„
Cycloptychis,	„	*Hermannia,*	Büttneriac.
Palmstruckia,	„	*Mahernia,*	„
Capronema,	„	*Melhania,*	„
Heliophila,	„	*Sparmannia,*	Tiliac.
Tetratelia,	Capparid.	*Apodytes,*	Olacineae.
Schepperia,	„	*Erythrophysa,*	Sapind.
Oligomeris,	Resedac.	*Hippodromus,*	„
Rawsonia,	Bixaceae.	*Ptaeroxylon,*	„
Trimeria,	„	*Aitonia,*	Meliaceae.
Doryalis,	„	*Monsonia,*	Geraniac.
Kiggelaria,	„	*Sarcocaulon,*	„
Muraltia,	Polygaleae.	*Geranium,*	„
Pharnaceum,	Caryoph.	*Pelargonium,*	„
Hyperteles,	„	*Oxalis,*	Oxalideae.
Psammotropa,	„	*Sisyndite,*	Zygophyll.
Coelanthium,	„	*Augea,*	„

Zygophyllum,	Zygoph.		*Amphithalea,*	Legumin.
Seetzenia,	..		*Lathriogene,*	"
Melianthus.	Melianth.		*Coelidium.*	"
Natalia.	"		*Walpersia.*	"
Calodendron.	Rutac.		*Borbonia,*	"
Euchaetis,	"		*Rafnia.*	"
Diosma,	"		*Euchlora,*	"
Coleonema,	"		*Pleiospora,*	"
Acmadenia.	"		*Lotononis.*	"
Adenandra,	"		*Listia.*	"
Barosma.	"		*Argyrolobium,*	"
Agathosma.	"		*Dichilus,*	"
Macrostylis.	"		*Melolobium,*	"
Empleurum.	"		*Hypocalyptus.*	"
Empleuridium.	"		*Loddigesia.*	"
Celastrus.	Celastrin.		*Lebeckia,*	"
Pterocelastrus,	"		*Viborgia,*	"
Methyscophyllum.	"		*Buchenroedera,*	"
Hartogia,	"		*Aspalathus,*	"
Maurocenia,	"		*Psoralea,*	"
Cassine,	"		*Indigofera,*	"
Lauridia,	"		*Sutherlandia.*	"
Mystroxylon,	"		*Lessertia,*	"
Scytophyllum.	"		*Sylitra.*	"
Scutia,	Rhamneae.		*Hallia,*	"
Nolten.	"		*Fagelia,*	"
Helinus,	"		*Virgilia,*	"
Phylica.	"		*Culpurnia,*	"
Rhus,	Anacardiac.		*Bracteolaria.*	"
Smodingium.	"		*Melanosticta,*	"
Botrycerus,	"		*Peltophorum.*	"
Loxostylis,	"		*Burkea,*	"
Sclerocarya,	"		*Schotia,*	"
Harpephyllum.	"		*Elephantorhiza.*	"
Cyclopodia.	Legumin.		*Dichrostachys,*	"
Podalyria.	"		*Xerocladia.*	"
Liparia.	"		*Albizzia.*	"
Priestleya.	"		*Leucosidea,*	Rosaceae.

Cliffortia, Rosaceae.
Grielum, „
Vahlia, Saxifrageae.
Cunonia, „
Platylophus. „
Montinia, „
Choristylis, „
Greyia. „
Berzelia. Bruniac.
Tittmannia, „
Brunia, „
Lonchostoma, „
Linconia, „
Berardia. „
Staavia, „
Audouinia. „
Thamnea, „
Trichocladus, Hamamel.
Helophytum, Crassul.
Bulliarda, „
Dinacria, „
Grammanthes. „
Crassula, „
Rochea. „
Cotyledon. „
Kalanchoe. „
Bryophyllum, „
Mesembryanthemum, Ficoid.

Tetragonia. Ficoid.
Aizoon. „
Acrosanthes. „
Diplochonium. „
Galenia. „
Plinthus, „
Coniandra, Cucurb.
Cephalandra, „
Pisosperma. „
Tryphostemma. Passifl.
Acharia, „
Olinia, Olin.
Alepidea. Umbellif
Rhyticarpus, „
Heteromorpha. „
Lichtensteinia, „
Annesorhiza, „
Glia, „
Dererra, „
Polemannia, „
Stenosemis, „
Bubon, „
Cupnophyllum.
Pappea, „
Arctopus. „
Hermas, „
Cussonia, Araliaceae.
Curtisia. Corneae.

Monopetalae.

Burchellia, Rubiac.
Alberta. „
Litogyne. Comp. Vern.
Haplophyllum. „ „
Platycarpha. „ „
Corymbium, „ „
Anisochaeta, „ Eup.
Alciope, „ Ast.

Amellus. Comp. Ast.
Mairea, „ „
Gymnostephium, „ „
Anaglypha, „ „
Charieis, „ „
Aster. „ „
Nidorella, „ „
Garuleum, „ „

Fresenia,	Comp.	Ast.	*Rhynea.*	Comp.	Sen.
Chrysocoma,	„	„	*Leontonyx,*	„	„
Pteronia,	„	„	*Helichrysum,*	„	„
Leptothamnus,	„	„	*Helipterum,*	„	„
Dichrocephala,	„	„	*Gnaphalium,*	„	„
Brachylaena,	„	„	*Amphidoxa,*	„	„
Tarchonanthus,	„	„	*Eriosphaera,*	„	„
Denekia.	„	„	*Lasiopogon,*	„	„
Pegolettia,	„	„	*Metalasia,*	„	„
Cypselodonta.	„	„	*Lachnospermum,*	„	„
Geigeria,	„	„	*Pachyrchynchus,*	„	„
Cadiscus,	„	Sen.	*Elytropappus.*	„	„
Oedera,	„	„	*Pterothrix,*	„	„
Callilepis,	„	„	*Amphiglossa.*	„	„
Sphenogyne,	„	„	*Bryomorphe,*	„	„
Ursinia,	„	„	*Disparago,*	„	„
Eumorphia,	„	„	*Storbe,*	„	„
Lasiospermum,	„	„	*Perotriche.*	„	„
Lidbeckia,	„	„	*Trichogyne,*	„	„
Thaminophyllum,	Comp.	Sen.	*Phaenocoma,*	„	„
Gamolepis,	Comp.	Sen.	*Petalacte.*	„	„
Steirodiscus,	„	„	*Anaxeton,*	„	„
Jocaste,	„	„	*Athrixia,*	„	„
Phymaspermum,	„	„	*Antithrixia,*	„	„
Adenachaena,	„	„	*Leyssera,*		„
Brachymeris,	„	„	*Rosenia,*		„
Schistostephium,	„	„	*Nestlera,*	„	„
Hippia,	„	„	*Relhania.*	„	„
Pentzia,	„	„	*Oligodora,*	„	„
Marasmodes,	„	„	*Osmites,*	„	„
Adenosolen,	„	„	*Osmitopsis.*	„	„
Peyrousea,	„	„	*Stylpnogyne,*	„	„
Otochlamys.	„	„	*Oligothrix.*	„	„
Cotula,	„	„	*Mesogramma,*	„	„
Cenia,	„	„	*Cineraria,*	„	„
Stilpnophytum,	„	„	*Lopholaena.*	„	„
Athanasia,	„	„	*Kleinia,*		„
Epiocephalus,	„	„	*Doria.*		„

Othonna.	Comp. Sen.		*Enchysia.*	Lobeliac.
Gymnodiscus,	„	„	*Laurentia,*	„
Senecio,	„	„	*Lightfootia,*	Campanul.
Euryops,	„	„	*Microcodon,*	„
Ruckeria,	„	„	*Wahlenbergia,*	„
Dimorphotheca,	„	„	*Leptocodon.*	„
Tripteris,	„	„	*Prismatocarpus,*	„
Oligocarpus.	„	„	*Roella,*	„
Osteospermum,	„	„	*Merciera.*	„
Xenismia,	„	„	*Siphocodon,*	„
Arctotis.	„ Cyn.		*Macnabia.*	Ericaceae.
Venidium,	„	„	*Erica,*	„
Haplocarpha,	„	„	*Philippia,*	„
Landtia,	„	„	*Ericinella,*	„
Arctotheca.	„	„	*Blaeria,*	„
Cryptostemma,	„	„	*Thoracosperma,*	„
Microstephium,	„	„	*Microtrema,*	„
Heterolepis,	„	„	*Eremia,*	„
Gorteria,	„	„	*Finckea,*	„
Gazania,	„	„	*Grisebachia,*	„
Cullumia,	„	„	*Acrostemon,*	„
Hirpicium.	„	„	*Simocheilus,*	„
Stephanocoma,	„	„	*Sympieza.*	„
Stobaea,	„	„	*Syndesmanthus,*	„
Berkheya,	„	„	*Codonanthemum,*	„
Didelta.	„	„	*Coilostigma.*	„
Oldenburgia,		„	*Codonostigma,*	„
Printzia,	„	„	*Omphalocaryon,*	„
Dicoma,	„	„	*Lagenocarpus,*	„
Gerbera,	„	„	*Salaxis,*	„
Perdicium,	„	„	*Royena,*	Ebenaceae.
Arrowsmithia,		„	*Euclea,*	„
Grammatotheca,	Lobeliac.		*Olea,*	Oleaceae.
Metzleria,		„	*Pachypodium,*	Apocyn.
Monopsis,		„	*Toxicophlaea,*	„
Isolobus,		„	*Piptolaena.*	„
Parastranthus,		„	*Gonioma,*	„
Dobrowskya,		„	*Christya,*	„

Ectadium.	Asclep.	Harpagophytum.	Sesam.
Haemax,	„	Lobostemon,	Borragin.
Microloma,	„	Stomatechium.	„
Cordylogyne.	„	Schistanthe,	Scrophul.
Xysmalobium.	„	Hemimeris.	„
Periglossum,	„	Diascia,	„
Glossostephanus.	„	Colpias,	„
Oncinema,	„	Nemesia,	„
Fockea,	„	Diclis.	„
Eustegia.	„	Phygelius,	„
Pentarrhinum.	„	Halleria,	„
Schizoglossum.	„	Freylinia.	„
Aspidoglossum,	„	Teedia,	„
Lagarinthus,	„	Anastrabe,	„
Tenaris,	„	Ixianthes,	„
Dregea,	„	Aptosimum,	„
Rhyssolobium.	„	Peliostomum,	„
Macropetalum.	„	Nycterinia,	„
Barrowia,	„	Polycarena.	„
Riocreuxia.	„	Phyllopodium,	„
Brachystelma.	„	Sphenandra.	„
Sisyranthus,	„	Chaenostoma.	„
Piaranthus,	„	Lyperia,	„
Huernia.	„	Manulea,	„
Stapelia,	„	Gomphostigma.	„
Hoodia,	„	Nuxia,	„
Chironia.	Gentian.	Chilianthus.	„
Orphium.	„	Buddleia,	„
Plocandra,	„	Buchnera.	„
Sebaea.	„	Striga.	„
Lagenias.	„	Cycnium.	„
Belmontia,	„	Hyobanche.	„
Exochaenium,	„	Graderia.	„
Tecoma,	Bignon.	Soparia,	„
Catophractes.	„	Aulaya.	„
Rhigozum,	„	Harveya,	„
Sporledera,	Sesam.	Crabbea.	Acanthac.
Rogeria,	„	Acanthodium.	„

Acanthopsis, Acanthac.
Isacanthus, „
Scerochiton, „
Ruttya. „
Ramusia. „
Duvernoya. „
Chaetacanthus, „
Spielmannia, Verben.
Polycenia, Selag.
Hebenstreitia, „
Dischisma, „
Selago. „

Walafrida, Selagin.
Gosela. „
Micradon, „
Agathelpis, „
Syncolostemon, Labiat.
Acrotome, „
Campylostachys, Stilbac.
Euthystachys, „
Stilbe, „
Eurylobium, „
Lonchostoma, Solanac.
Retzia, „

Monochlamydeae.

Limeum, Phytolacac.
Exomis, Chenopodeae.
Wallinia, „
Hermbstaedtia. Amaranth.
Sericocoma, „
Oxygonum. Polygoneae
Leucadendron, Proteac.
Protea. „
Leucospermum, „
Mimetes, „
Serruria, „
Nivenia, „
Sorocephalus, „
Spatalla, „
Brabejum, „
Faurea, „
Penaea, Penaeac.
Stylapterus, „
Brachysiphon, „
Sarcocolla, „
Glischrocolla, „
Endonema, „

Geissoloma, Geissolom.
Piddiea. Thymelaeac.
Dais, „
Passerina, „
Struthiola, „
Cryptadenia, „
Lachnaea, „
Gnidia, „
Lasiosiphon, „
Grubbia, Grubbiaceae.
Osyris, Santal.
Osyridicarpos, „
Thesium, „
Thesidium, „
Lachnostylis, Euphorb.
Hyaenanche. „
Leidesia, „
Cluytia, „
Adenocline, „
Paradenocline, „
Didymodoxa, Urtic.

Gymnospermae.

Widdringtonia, Conif.
Strangeria, Cycad.

Encephalartos, Cycad.

Monocotyledones.

Strelitzia. Musac.
Epiphora, Orchid.
Mystacidium. „
Holothrix, „
Saccidium, „
Puchites, „
Monotris, „
Scopularia. „
Bonatea. „
Tryphia, „
Bucculina. „
Stenoglottis, „
Bartholina, „
Satyrium. „
Satyridium,
Aviceps, „
Disa. „
Monadenia. „
Schizodium. „
Penthea. „
Forficaria. „
Herschelia. „
Brachycorythis, „
Ceratandra, „
Pterygodium. „
Ommatodium, „
Corycium. „
Disperis. „
Vieusseuxia, Irideae.
Moraea, „
Ferraria, „
Aristea. „

Witsenia, Irideae.
Galaxia, „
Orieda, „
Anomatheca. „
Babiana, „
Gladiolus, „
Watsonia. „
Sparaxis. „
Montbretia. „
Ixia, „
Diasia. „
Hesperantha. „
Geissorhiza, „
Trichonema, „
Wachendorfia, Haemod.
Dilatris, „
Lanaria. „
Curculigo. Hypoxideae.
Hypoxis. „
Vallota, Amaryllid.
Cyrtanthus, „
Cyphonema. „
Cliria, „
Haemanthus. „
Amaryllis. „
Buphane. „
Brunsvigia, „
Nerine. „
Strumaria, „
Imhofia, „
Carpolyza. „
Hessea. „

Gethyllis. Amaryllid.
Testudinaria, Dioscor.
Asparagopsis, Asparag.
Myrsiphyllum. „
Veltheimia, Asphod.
Coelanthus. „
Lachenalia. „
Periboea. „
Polyxena, „
Massonia, „
Daubenya. „
Eucomis. „
Drimia. „
Idothea, „
Ornithogalum, „
Albuca, „
Uropetalum, „
Agapanthus, „
Tulbaghia. „
Aloe. „
Kniphonia, „
Bulbine. „
Bulbinella. „
Trachyandra, „
Chlorophytum, „
Hartwegia, „
Cyanella, „
Eriospermum, „
Androcymbium, Melanth.
Melanthium, „
Wurmbea. „
Bucometra, „
Ornithoglossum. „
Prionium, Juncaceae.

Restio, Restiac.
Calopsis, „
Thamnochortus, „
Staberoha, „
Cannomoris, „
Boeckia, „
Willdenowia. „
Dovea, „
Elegia, „
Ceratocaryum, „
Cucullifera. „
Mesanthus, „
Anthochortus, „
Richardia. Aroideae.
Ficinia, Cyper.
Melancranis, „
Ecklonia. „
Lepisia, „
Elynanthus, „
Buekia, „
Ideleria. „
Sclerochaetium. „
Cyathocoma, „
Hemichlaena, „
Acrolepis, „
Chrysitrix. „
Schoenoxiphium. „
Aulacorhynchus, „
Ehrharta, Gramin.
Harpechloa, „
Pentameris, „
Lasiochloa, „
Xenochloa. „

B. Die Neben-Florenglieder.

Nach der Ausscheidung des Hauptgliedes der Cap-Flora bleiben Bestandtheile derselben übrig, welche zum Charakter der

Flora keineswegs passen. Die genauere Prüfung dieser fremden Bestandtheile ergibt bald, dass durch die Gesammtheit derselben die wichtigsten übrigen Floren der Erde repräsentirt erscheinen. Diese Thatsache kann nur dadurch Erklärung finden, dass in der Tertiärflora des Cap-Gebietes eine eben solche Mischung der Florenelemente bestanden hat, wie in der europäischen Tertiärflora. Jene anscheinend fremden, aber zweifellos ursprünglichen Bestandtheile sind nichts anderes, als die Überbleibsel der tertiären Nebenelemente. Eine Vergleichung mit anderen Floren der Erde zeigt, dass diese Überbleibsel, welche ich als die Neben-Florenglieder bezeichnet habe, in der Cap-Flora in der verhältnissmässig geringsten Anzahl vorhanden sind. Hier wurden also die Nebenelemente am meisten zurückgedrängt, in Folge der sehr überwiegenden Entwicklung des Hauptelements.

Betrachten wir die Bestandtheile der Neben-Florenglieder genauer, so finden wir unter denselben sogenannte vikarirende Arten, oft von naher Verwandtschaft mit Arten anderer Floren, und weiter transmutierte Formen. Zu ersteren zählen z. B. aus dem ostindischen Florengliede die *Sterculia Alexandri Harw.*, der einzige Repräsentant der Sterculiaceen in der Cap-Flora, entsprechend der *St. foedita*; die Cucurbitacee *Mukia scabrella*, analog der *M. leiosperma* Arnott, die Combretacee *Quisqualis parriflora*. analog der *Q. indica*; Arten der Gattungen *Pterocarpus, Dalbergia, Maesa, Strophanthus, Clerodendron* u. v. A. Nicht weniger charakteristisch sind die vikarirenden Arten des amerikanischen Florengliedes, von denen ich nur die der Gattungen *Erythroxylon, Trichilia, Zanthoxylum, Ilex, Parkinsonia, Turnera, Mitracarpum. Heliophytum, Boerhaaria, Oreodaphne. Dioscorea, und Commelyna* hervorhebe. Das europäische Florenglied, welches an Zahl der Gattungen den vorgenannten nur unbedeutend nachsteht, enthält eine nicht geringe Reihe vikarirender Arten, deren Gattungen in nachfolgender Übersicht aufgezählt sind. Am meisten entsprechen die endemischen Arten von *Galium* europäischen Formen. Das tropisch-afrikanische Florenglied, in der Cap-Flora um Vieles weniger entwickelt als die vorher erwähnten, enthält sehr bezeichnende Arten; sie gehören zu den Gattungen *Dianthera, Cadaba, Niebuhria, Boscia, Oncoba, Aberia, Oxyanthus, Plectronia, Aeolanthus* und *Pycnostachys*. Das noch spärlicher entwickelte neuholländische Florenglied enthält vikarirende Arten von *Dodonaea* (*D. Thunbergiana* E. et Z.), *Scaevola* (*S. Thunbergii* E. et Z.), *Logania* (*L. capensis* Eckl.), *Trichinium* (*T. Zeyheri* DC.) *Cassyta* (2 sp.), *Caesia* (4 sp.), *Hypolaena* (1 sp.) u. v. A., durch welche aber die Repräsentation der australischen Flora hinlänglich deutlich ausgesprochen erscheint. Das Gleiche gilt von dem nur von wenigen Gattungen gebildeten oceanischen Florengliede.

Als aus einer weiteren Transmutation hervorgegangen sind aber zu betrachten: die monotype Aurantiaceen-Gattung *Myaris*, der einzige Repräsentant dieser vorzugsweise asiatischen Ordnung; die monotype Acanthacee *Glossochilus* und die Verbenacee *Cyclonema*, beide ebenfalls dem ostindischen Gliede einzureihen. Letztere lässt sich auf die vorzugsweise ostindische Gattung *Clerodendron* zurückführen. Im amerikanischen Florengliede sind als solche zu bezeichnen die Meliacee *Ekebergia*, die monotypen Ilicineen *Cassiniopsis* und *Monetia*, die Acanthacee *Fabria*, aus der Gattung *Dipteracanthus* umgewandelt, u. A. Das europäische Glied der Cap-Flora weiset die aus *Corydalis* transmutierten monotypen Gattungen *Cysticapnos* und *Discocapnos* auf. Bemerkenswerth ist, dass die Stammgattung selbst in drei endemischen Arten, die jedoch für sich eine eigenthümliche von Bernhardi *Phacocapnos* bezeichnete Gruppe bilden, am Cap vorkommt. Eine der Letzteren schliesst sich nicht nur im Habitus, sondern auch in der Blütenbildung der Gattung *Cysticapnos* an, während sie noch die Fruchtbildung von *Corydalis* beibehält.

Da es nunmehr nicht bezweifelt werden kann, dass die ursprünglichen Gemeinsamkeiten der natürlichen Floren der Erde auf die gemeinschaftliche Stammflora, die Tertiärflora, sich genetisch beziehen, so wird dies doch gewiss vor allem von jenen Pflanzenformen gelten, welche abgesehen von geringfügigen specifischen Variationen sich einer grossen ursprünglichen Verbreitung über die meisten Florengebiete der Erde erfreuen. Ich fasse diese Formen unter der Bezeichnung „polygenetisches Florenglied" zusammen, und bin geneigt zur Annahme, dass ihre tertiären Stammformen, oder umsomehr die Urformen dieser letztern, keinesfalls stets nur aus je Einem Vegetationscentrum hervorgegangen sind. Manche Bestandtheile dieses Florengliedes

wie Gattungen von *Cycadeen, Coniferen, Ficus, Populus* u. A.
lassen sich auf vortertiäre, ja einige derselben, wie z. B. Farn-
gattungen, *Zamia, Pinus,* auf Typen der frühesten Entwicklungs-
phasen des Pflanzenreichs zurückführen. Die überaus grosse
Verbreitung derselben über die ganze Erde lässt es sehr annehm-
bar erscheinen, dass einzelne, ja vielleicht jeder dieser Stammtypen aus einigen oder mehreren über die gesammte Erde ver-
theilten Vegetationscentren entsprungen sind. Mit um so grösserer
Wahrscheinlichkeit wird dies aber von einer entsprechend
grösseren Zahl. vielleicht von allen Urtypen dieser Stammtypen
gelten.

In je frühere Entwicklungsstufen der Pflanzenwelt wir ein-
dringen, desto mehr mag die Lehre von der Einheit der Vegetationscentren ihre Bedeutung verlieren.

1. Ostindisches Florenglied.

Dicotyledones, Polypetalae.

Phoberos,	Bixaceae.	*Pterocarpus,*	Legumin.
Sterculia,	Bombaceae.	*Dalbergia,*	,,
Impatiens,	Balsamin.	*Saphora,*	,,
Myaris,	Aurantiaceae.	*Guilandina,*	,,
Odine,	Anacardiac.	*Lagenaria,*	Cucurbit.
Cnestis,	Connaraceae.	*Zehneria,*	,,
Crotalaria,	Legumin.	*Mukia,*	,,
Milletia.	,,	*Luffa.*	,,
Sesbania,	,,	*Citrullus,*	,,
Desmodium,	,,	*Cucumis,*	,,
Alysicarpus.	,,	*Modecca,*	Passiflor.
Alhagi,	,,	*Quisqualis,*	Combretac.
Dumasia.	,,	*Bruguiera,*	Rhizophor.

Monopetalae.

Stylocoryne,	Rubiac.	*Paretta,*	Rubiac.
Gardenia,	,,	*Grumilea.*	,,
Randia,	,,	*Kraussia.*	,,
Hedyotis,	,,	*Bunburya,*	,,
Canthium,	,,	*Spermacoce,*	,,

Pentanisia,	Rubiac.	*Tylophora,*	Asclepiad.
Hydrophylax,	„	*Ceropegia,*	„
Galopina,	„	*Thunbergia.*	Acanthac.
Anthospermum,	„	*Glossochilus,*	„
Carpacoce,	„	*Asystasia,*	„
Ambraria.	„	*Justicia,*	„
Adenostemma,	Compos.	*Peristrophe,*	„
Blumea,	„	*Clerodendron,*	Verbenac.
Maesa,	Myrsineae.	*Cyclonema,*	„
Mimusops,	Sapotaceae.	*Ocimum,*	Labiat.
Strophanthus,	Apocyn.	*Moschosma,*	„
Carissa,	„	*Plectranthus,*	„
Endotrepis,	Asclepiad.	*Vogelia.*	Plumbag.

Monochlamydeae.

Papalia,	Amaranthac.	*Cyclostemon,*	Euphorb.
Cryptocarya,	Laurin.		

Monocotyledones.

Sanseviera,	Asparagin.	*Phoenix,*	Palmae.
Anilema,	Commelyn.	*Kyllingia,*	Cyperac.
Cyanotis,	„	*Anthistiria,*	Gramin.

2. Amerikanisches Florenglied.

Dicotyledones, Polypetalae.

Jonidium,	Violaceae.	*Trichilia,*	Meliac.
Securidaca,	Polygal.	*Ekebergia,*	„
Malvastrum,	Malvac.	*Xanthoxylon,*	Xanthox.
Sphaeralcea.	„	*Ilex,*	Ilicineae.
Sphaeroma,	„	*Cassinopsis,*	„
Paronia.	„	*Monetia.*	„
Fugosia.	„	*Lonchocarpus,*	Legum.
Salacia,	Hippocrat.	*Parkinsonia.*	„
Acridocarpus,	Malpighiac.	*Parinarium.*	Rosaceae.
Triaspis,	„	*Acaena,*	„
Erythroxylon,	Erythrox.	*Portulacca,*	Portulac.
Turraea,	Meliac.	*Anacampseros,*	„

Talinum,　Portulac.
Portulacaria,　„
Rhipsalis, Cacteae.
Begonia, Begoniac.

Momordica, Cucurb.
Kissenia, Loasac.
Turnera, Turnerac.
Osbeckia, Melastom.

Monopetalae.

Mitracarpum, Rubiac.
Valeriana, Valerian.
Vernonia, Composit.
Ageratum,　„
Mikania,　„
Eclipta,　„
Wedelia,　„
Spilanthes,　„
Lobelia, Lobeliac.

Gomphocarpus, Asclep.
Amerina,　Borag.
Heliophytum,　„
Melasma, Scrophular.
Electra,　„
Fabria,　Acanthac.
Rhytiglossa,　„
Leptostachia,　„

Monochlamydeae.

Boerhawia, Nyctagin.
Oreodaphne, Laurin.
Croton,　Euphorbiac.
Plukenetia,　„
Acalypha,　„

Leptorhachis, Euphorb.
Tragia,　„
Jatropha,　„
Excoecaria,　„
Dalechampia,　„

Monocotyledones.

Dioscorea, Dioscor.
Helmia,　„
Commelyna, Commel.
Platylepis, Cyperac.

Uncinia, Cyperac.
Aristida,　Gramin.
Polypogon,　„

3. Europäisches Florenglied.

Dicotyledones, Polypetalae.

Cysticapnos, Fumar.
Corydalis,　„
Discocapnos,　„
Matthiola, Cruciferae.
Turritis,　„
Lepidium,　„

Oligomeris, Resed.
Frankenia, Frankeniac.
Tamarix, Tamariscin.
Dianthus, Caryoph.
Linum, Lineac.
Zizyphus, Rhamneae.

Rhamnus, Rhamneae.

Lotus, Legumin.

Trifolium, „

Trigonella, „

Medicago, „

Astragalus, „

Potentilla, Rosaceae.

Geum, „

Agrimonia, „

Opilobium, Onagrar.

Ptychotis, Umbellif.

Carum. „

Pimpinella, „

Oenanthe. „

Seseli. „

Cnidium, „

Levisticum, „

Peucedanum, „

Pastinaca. „

Conium, „

Monopetalae.

Galium, Rubiaceae.

Cephalaria, Dipsaceae.

Scabiosa, „

Inula, Compos.

Pulicaria. „

Chrysanthemum, „

Matricaria, „

Tanacetum, „

Artemisia, „

Lactuca, „

Taraxacum, „

Microchynchus, Compos.

Sonchus, „

Hieracium, „

Anisoramphus, „

Anchusa, Borag.

Echium, „

Myosotis, „

Echinospermum, „

Cynoglossum, „

Mentha, Labiatae.

Statice, Plumbagineae.

Monochlamydeae.

Alnus. Betulaceae.

Monocotyledones.

Ruscus, Smilaceae.

Hyacinthus, Asphod.

Scilla, „

Allium, „

Holcus, Gramineae.

Avena. Gramin.

Briza. „

Koeleria. „

Schismus. „

Cynosurus, „

4. Tropisch-afrikanisches Florenglied.

Dicotyledones, Polypetalae.

Dianthera, Capparid.

Cadaba, „

Niebuhria, Capparid.

Boscia. „

Oncoba, Bixaceae.   *Chailletia*, Chailletiac.
Aberia,   „   *Balsamodendron*, Burser.
Dombeya, Büttneriac.   *Protium*,   „
Ochna. Ochnaceae.   *Trianthema*, Ficoideae.

Monopetalae.

Oxyanthus, Rubiac.   *Monechma*, Acanth.
Plectronia,   „   *Aeolanthus*,   Labiat.
Ethulia,   Compos.   *Pycnostachys*,   „
Sphaeranthus,   „   *Lasiocorys*,   „
Lipotriche,   „   *Leonotis*,   „
Daemia, Asclepiad.

Monochlamydeae.

Semonvillea, Phytolac.   *Droguetia*, Euphorb.
Giesekia,   „

Monocotyledones.

Methonia, Liliaceae.   *Stipagrostis*, Gramin.

5. Australisches Florenglied.

Dicotyledones, Polypetalae.

Drosera, Droserac.   *Syzygium*,   Myrtac.
Roridula,   „   *Eugenia*,   „
Dodonaea, Sapindac.   *Barringtonia*,   „
Pittosporum, Pittosp.

Monopetalae.

Cyphia,   Goodeniac.   *Logania*, Loganiac.
Scaevola,   „

Monochlamydeae.

Trichinium, Amaranth.   *Cassyta*, Laurineac.

Monocotyledones.

Caesia, Asphodeleae.   *Danthonia*, Gramin.
Hypolaena, Restiac.   *Perotis*,   „
Chaetospora, Cyperac.

6. Oceanisches Florenglied.

Dicotyledones, Polypetalae.

Taddalia, Xanthoxyl.
Vepris, „
Elaeodendron, Celastr.

Tristellaria, Malpighiac.
Brexia, Saxifrag.
Metrosideros, Myrtac.

Monopetalae.

Vangueria, Rubiac.
Sideroxylon, Sapot.

Secamone, Asclepiad.
Astephanus, „

Monocotyledones.

Asterochaete, Cyperac.

7. Polygenetisches Florenglied.

Dicotyledones, Polypetalae.

Clematis, Ranunculac.
Thalictrum, „
Anemone, „
Knowltonia, „
Ranunculus, „
Uvaria, Anonac.
Guatteria, „
Anona, „
Homocnemia, Menisperm.
Cissampelos, „
Antizoma, „
Nymphaea, Nymphaeac.
Papaver, Papaverac.
Nasturtium, Cruciferae.
Arabis, „
Cardamine, „
Alyssum, „
Sisymbrium, „
Senebiera, „
Gynandropsis. Capparid.

Cleome, Capparid.
Polanisia, „
Capparis, „
Blackwellia, Bixaceae.
Viola, Violaceae.
Polygala, Polygaleae.
Mundtia, „
Bergia, Elatineae.
Hypericum, Hyperic.
Silene, Caryophyll.
Cerastium, „
Corrigiola, „
Pollichia, „
Polycarpon, „
Polycarpaea, „
Lepigonum, „
Drymaria, „
Orygia, „
Glinus, „
Mollugo, „

Althaea, Malvaceae.
Sida, „
Abutilon. „
Hibiscus, „
Paritium. „
Waltheria, Büttner.
Triumfetta, Tiliaceae.
Corchorus. „
Grewia, „
Ximenia, Olacineae.
Schmidelia. Sapind.
Sapindus, „
Vitis, Ampelid.
Cissus, „
Erodium. Geraniac.
Tribulus, Zygophyll.
Tephrosia. Legum.
Zornia, „
Aeschynomene, „
Stylosanthes, „
Anarthrosyne. „
Requienia, „
Teramnus. „
Galastia. „
Erythrina, „
Canavallia, „
Vigna. „
Dolichos. „

Rhynchosia. Legum.
Eriosema. „
Cassia, „
Bauhinia, „
Entada. „
Acacia. „
Zygia. „
Rubus, Rosaceae.
Alchemilla. „
Jussiaea, Onagrar.
Ludwigia, „
Terminalia, Combret.
Combretum. „
Poivrea, „
Rhizophora, Rhizoph.
Ammannia, Lythrar.
Lythrum, „
Nesaea. „
Hydrocotyle, Umbellif.
Sanicula. „
Helosciadium. „
Sium. „
Bupleurum, „
Gunnera, Halorageae.
Serpicula, „
Myriophyllum, „
Mystropetalon, Balanoph.
Sarcophyte, „

Monopetalae.

Loranthus, Loranthac.
Viscum, „
Rubia, Rubiaceae.
Diplopappus, Compos.
Conyza, „
Siegesbeckia, „
Cacalia, „
Utricularia, Lentibul.

Lysimachia, Primulac.
Samolus. „
Myrsine, Myrsineae.
Diospyros, Ebenac.
Jasminum, Jasmin.
Sarcostemma. Asclepiad.
Limnanthemum, Gentian.
Ipomoea. Convolvulac.

Conrolrulus, Convolvulac.
Erolrulus. „
Falkia. „
Cuscuta. „
Ehretia, Borrag.
Tournefortia, „
Heliotropium. „
Lithospermum, „
Torenia, Scrophular.
Ilysanthes, „
Limosella, „
Veronica. „
Blepharis, Acanthac.
Adhatoda, „

Dicliptera, Acanthac.
Priva, Verbenac.
Bouchea. „
Vitex. „
Salvia, Labiatae.
Stachys, „
Ballota, „
Teucrium, „
Ajuga, „
Plumpago, Plumpag.
Solanum, Solanac.
Lycium, „
Plantago, Plantag.

Monochlamydeae.

Phytolacca. Phytolaccac.
Chenopodium, Chenopod.
Atriplex, „
Caroxylon, „
Amaranthus, Amaranth.
Aerva, „
Achyranthes. „
Cyathula, „
Rumex. Polygon.
Polygonum. „
Begonia, Begoniaceae.

Andrachne. Euphorb.
Phyllanthus, „
Euphorbia, „
Urtica. Urticaceae.
Fleurya, „
Pouzoizia, „
Piper, Piperac.
Peperomia, „
Myrica, Myricac.
Salix. Salicineae.
Podocarpus, Conif.

Monocotyledones.

Crinum, Amaryllid.
Smilax. Smilaceae.
Asparagus, Asparag.
Dithyrocarpus, Commelyn.
Potamogeton, Fluvial.
Triglochin, Juncagin.
Luzula, Juncaceae.
Juncus, „
Cyperus. Cyperac.

Mariscus, Cyperac.
Eleocharis, „
Scirpus, „
Fuirena, „
Isolepis, „
Fimbristylis, „
Abildgaardia, „
Rhynchospora. „
Scleria. „

Carex, Cyperac.			*Cynodon*,	Gramin.
Alopecurus,	Gramin.		*Poa*.	„
Panicum,	„		*Festuca*,	„
Gymnotrix,	„		*Bromus*,	„
Pennisetum.	„		*Triticum*.	„
Stipa,	„		*Hordeum*,	„
Sporobolus,	„		*Andropogon*.	„
Agrostis,	„		*Ischaemum*,	„
Pappophorum.	„			

Übersicht der Glieder der Cap-Flora.

Systematische Aufzählung der Ordnungen der Cap-Flora	Haupt-Florenglied	Ostindisches Florenglied	Amerikan. Florenglied	Europäisches Florenglied	Trop.-afrikanisches Florenglied	Austral. Florengl.	Oceanisches Florenglied	Polygenet. Florenglied
Class Dicotyledones	462	64	59	55	27	15	9	161
Subcl. Polypetalae	168	26	32	32	12	8	5	97
Ord. Ranunculaceae	—	—	—	—	—	—	—	5
„ Anonaceae	—	—	—	—	—	—	—	3
„ Menispermaceae	—	—	—	—	—	—	—	3
„ Nymphaeaceae	—	—	—	—	—	—	—	1
„ Papaveraceae	—	—	—	—	—	—	—	1
„ Fumariaceae	—	—	—	3	—	—	—	—
„ Cruciferae	6	—	—	3	—	—	—	6
„ Capparideae	2	—	—	—	4	—	—	4
„ Resedaceae	—	—	—	1	—	—	—	—
„ Bixaceae	4	1	—	—	2	—	—	1
„ Violarieae	—	—	1	—	—	—	—	1
„ Droseraceae	—	—	—	—	—	2	—	—
„ Polygaleae	1	—	1	—	—	—	—	2
„ Frankeniaceae	—	—	—	1	—	—	—	—
„ Elatineae	—	—	—	—	—	—	—	1
„ Hypericineae	—	—	—	—	—	—	—	1
„ Tamariscineae	—	—	—	1	—	—	—	—
„ Caryophylleae	6	—	—	1	—	—	—	11
„ Malvaceae	—	—	5	—	—	—	—	5
„ Sterculiaceae	—	1	—	—	—	—	—	—
„ Büttneriaceae	3	—	—	—	1	—	—	1
„ Tiliaceae	1	—	—	—	—	—	—	3
„ Hippocrateaceae	—	—	1	—	—	—	—	—
„ Malpighiaceae	—	—	2	—	—	—	1	—
„ Erythroxyleae	—	—	1	—	—	—	—	—
„ Olacineae	1	—	—	—	—	—	—	1
„ Sapindaceae	3	—	—	—	—	1	—	2
„ Meliaceae	1	—	3	—	—	—	—	—
„ Ampelideae	—	—	—	—	—	—	—	2
„ Geraniaceae	4	—	—	—	—	—	—	1
„ Lineae	—	—	—	1	—	—	—	—
„ Balsamineae	—	1	—	—	—	—	—	—
„ Oxalideae	1	—	—	—	—	—	—	—
„ Zygophylleae	4	—	—	—	—	—	—	—
„ Meliantheae	2	—	—	—	—	—	—	—
„ Rutaceae	11	—	—	—	—	—	—	—
„ Pittosporeae	—	—	—	—	—	1	—	—
„ Zanthoxyleae	—	—	1	—	—	—	2	—
„ Ochnaceae	—	—	—	—	1	—	—	—

Systematische Aufzählung der Ordnungen der Cap-Flora	Haupt-Florenglied	Ostindisches Florenglied	Amerikan. Florenglied	Europäisches Florenglied	Trop.-afrikanisches Florenglied	Austral. Florengl.	Oceanisches Florenglied	Polygenet. Florenglied
Ord. Chailletiaceae	—	—	—	—	1	—	—	—
„ Celastrineae	9	—	—	—	—	—	1	—
„ Ilicineae	—	—	3	—	—	—	—	—
„ Rhamneae	4	—	—	2	—	—	—	—
„ Anacardiaceae	6	1	—	—	—	—	—	—
„ Burseraceae	—	—	—	—	2	—	—	—
„ Connaraceae	—	1	—	—	—	—	—	—
„ Leguminosae	41	11	2	5	—	—	—	19
„ Rosaceae	3	—	2	3	—	—	—	2
„ Saxifragaceae	6	—	—	—	—	—	1	—
„ Bruniaceae	9	—	—	—	—	—	—	—
„ Hamamelideae	2	—	—	—	—	—	—	—
„ Crassulaceae	9	—	—	—	—	—	—	—
„ Portulacaceae	—	—	4	—	—	—	—	—
„ Ficoideae	7	—	—	—	1	—	—	—
„ Cacteae	—	—	1	—	—	—	—	—
„ Begoniaceae	—	—	1	—	—	—	—	1
„ Cucurbitaceae	3	6	1	—	—	—	—	—
„ Passifloreae	2	1	—	—	—	—	—	—
„ Turneraceae	—	—	1	—	—	—	—	—
„ Loasaceae	—	—	1	—	—	—	—	—
„ Onagrariae	—	—	—	1	—	—	—	2
„ Combretaceae	—	1	—	—	—	—	—	3
„ Rhizophoreae	—	1	—	—	—	—	—	1
„ Lythrarieae	—	—	—	—	—	—	—	3
„ Melastomaceae	—	—	1	—	—	—	—	—
„ Oliniae	1	—	—	—	—	—	—	—
„ Myrtaceae	—	—	—	—	—	4	—	—
„ Umbelliferae	14	—	—	10	—	—	—	5
„ Araliaceae	1	—	—	—	—	—	—	—
„ Corneae	1	—	—	—	—	—	—	—
„ Haloragaceae	—	—	—	—	—	—	—	3
„ Balanophoreae	—	—	—	—	—	—	—	2
Subcl. Monopetalae	249	36	17	25	11	3	4	43
Ord. Loranthaceae	—	—	—	—	—	—	—	2
„ Rubiaceae	2	16	1	1	2	—	1	1
„ Valerianeae	—	—	1	—	—	—	—	—
„ Dipsaceae	—	—	—	2	—	—	—	—
„ Compositae	118	2	6	12	3	—	—	4
„ Campanulaceae	8	—	—	—	—	—	—	—
„ Lobeliaceae	8	—	1	—	—	—	—	—
„ Goodeniaceae	—	—	—	—	—	2	—	—
„ Ericaceae	20	—	—	—	—	—	—	—
„ Plumpagineae	—	1	—	1	—	—	—	1
„ Primulaceae	—	—	—	—	—	—	—	2

Systematische Aufzählung der Ordnungen der Cap-Flora	Haupt-Florenglied	Ostindisches Florenglied	Amerikan. Florenglied	Europäisches Florenglied	Trop.-afrikanisches Florenglied	Austral. Florengl.	Oceanisches Florenglied	Polygenet. Florenglied
Ord Myrsineae	—	1	—	—	—	—	—	1
„ Sapotaceae	—	1	—	—	—	—	1	—
„ Ebenaceae	2	—	—	—	—	—	—	1
„ Oleaceae	1	—	—	—	—	—	—	—
„ Jasmineae	—	—	—	—	—	—	—	1
„ Apocynaceae	5	2	—	—	—	—	—	—
„ Asclepiadeae	26	3	1	—	1	—	2	1
„ Loganiaceae	—	—	—	—	—	1	—	—
„ Gentianeae	7	—	—	—	—	—	—	1
„ Bignoniaceae	3	—	—	—	—	—	—	—
„ Sesameae	3	—	—	—	—	—	—	—
„ Convolvulaceae	—	—	—	—	—	—	—	5
„ Asperifoliaceae	2	—	2	5	—	—	—	4
„ Solanaceae	2	—	—	—	—	—	—	2
„ Scrophularineae	33	—	2	—	—	—	—	4
„ Lentibulariae	—	—	—	—	—	—	—	1
„ Acanthaceae	9	5	3	—	1	—	—	3
„ Verbenaceae	1	2	—	—	—	—	—	3
„ Selaginareae	9	—	—	—	—	—	—	—
„ Labiatae	2	3	—	1	4	—	—	5
„ Stilbaceae	4	—	—	—	—	—	—	—
„ Plantagineae	—	—	—	—	—	—	—	1
Subcl. Monochlamydeae	42	3	10	1	3	2	—	20
Ord. Phytolaccaceae	1	—	—	—	2	—	—	1
„ Chenopodeae	2	—	—	—	—	—	—	3
„ Amaranthaceae	1	1	—	—	—	1	—	4
„ Nyctagineae	—	—	1	—	—	—	—	—
„ Polygoneae	1	—	—	—	—	—	—	2
„ Laurineae	—	1	1	—	—	1	—	—
„ Proteaceae	10	—	—	—	—	—	—	—
„ Penaeaceae	6	—	—	—	—	—	—	—
„ Geissolomaceae	1	—	—	—	—	—	—	—
„ Thymelaeaceae	8	—	—	—	—	—	—	—
„ Grubbiaceae	1	—	—	—	—	—	—	—
„ Santalaceae	4	—	—	—	—	—	—	—
„ Euphorbiaceae	6	1	8	—	1	—	—	3
„ Urticaceae	1	—	—	—	—	—	—	3
„ Piperaceae	—	—	—	—	—	—	—	2
„ Myricaceae	—	—	—	—	—	—	—	1
„ Betulaceae	—	—	—	1	—	—	—	—
„ Salicineae	—	—	—	—	—	—	—	1
Subcl. Gymnospermae	3	—	—	—	—	—	—	1
Ord. Coniferae	1	—	—	—	—	—	—	1
„ Cyadeae	2	—	—	—	—	—	—	—

Systematische Aufzählung der Ordnungen der Cap-Flora	Haupt-Florenglied	Ostindisches Florenglied	Amerikan. Florenglied	Europäisches Florenglied	Trop.-afrikanisches Florenglied	Austral. Florengl.	Oceanisches Florenglied	Polygenet. Florenglied
Subcl. Monocotyledones ..	132	6	7	10	2	5	1	35
Ord. Musaceae	1	—	—	—	—	—	—	—
„ *Orchideae*	27	—	—	—	—	—	—	—
„ *Irideae*	18	—	—	—	—	—	—	—
„ *Haemodoraceae*	3	—	—	—	—	—	—	—
„ *Hypoxydeae*	2	—	—	—	—	—	—	—
„ *Amaryllideae*	14	—	—	—	—	—	—	1
„ *Dioscoreae*	1	—	2	—	—	—	—	—
„ *Asparageae*	2	1	—	—	—	—	—	1
„ *Smilaceae*	—	—	—	1	—	—	—	1
„ *Asphodeleae*	25	—	—	3	1	1	—	—
„ *Melanthaceae*	5	—	—	—	—	—	—	—
„ *Commelynaceae* .	—	2	1	—	—	—	—	1
„ *Restiaceae*	13	—	—	—	—	1	—	—
„ *Juncaceae*	1	—	—	—	—	—	—	2
„ *Palmae*	—	1	—	—	—	—	—	—
„ *Juncagineae*	—	—	—	—	—	—	—	1
„ *Aroideae*	1	—	—	—	—	—	—	—
„ *Fluviales*	—	—	—	—	—	—	—	1
„ *Cyperaceae*	14	1	2	—	—	1	1	11
„ *Gramineae*	5	1	2	6	1	2	—	16
Gesammtzahl der Phanerogamen-Gattungen	594	70	66	65	28	20	10	196